KB262009

님의 자리

님의 자리

2001년 4월 16일 1판 1쇄 인쇄 / 2001년 4월 25일 1판 1쇄 발행

지은이 시와벗 동인회 / 펴낸이 임은주
펴낸곳 도서출판 청동거울 / 출판등록 1998년 5월 14일 제13-532호
주소 (135-080)서울 강남구 역삼동 832-52 상봉빌딩 301호 / 전화 564-1091~2
팩스 569-9889 / 하이텔I.D. 청동 / 전자우편 cheong21@freechal.com

편집장 조태림 / 편집 조은정 / 표지디자인 우성남 / 영업관리 정덕호

값 6,000원

ISBN 89-88286-45-6

님의 자리

● 시와벗 동인시집 ●

청동거울

첫 동인지를 내면서

우리는 삶에서
크고 고운 길을 눈앞에 두고서도
애써 오솔길, 먼 산 길을 찾아 걸어왔다.
그곳에는 사라졌던 그리움이 늘 기다리고 있었고
잊혀진 존재의 느낌이 고독의 향기에 젖어 있었다.

우리 동인들이 그 길에서 만난 건,
시를 통해서나마 작은 가슴을 서로 위안받고 싶었고
'시의 영혼'을 통해 어둠을 함께 씻어내고 싶었기 때문이다.

지금 우리는 "시란 무엇인가?"라는 대명제보다는
"왜 시의 곁을 떠날 수 없는가?"를 먼저 생각하고 있다.

그래서 여기 모인 동인들은
흔적 없는 바람과 강물의 소리에도 잠들지 못하고 깨어나
스스로 잠들기 위해 불렀던 희미한 옛 자장가를
시의 목소리로 한데 모아 '님의 자리' 그 무대에 올리기로
한다.

그리고 우리는 그 메아리를 따라 시의 곁에 언제나 남기로
했다.

'시와 벗' 그늘 아래
함께 앉아서―

차례

강현택

조설안

강현택

1955년생. 양정고, 전북대 법대 졸업.

겨울 문턱에서

왜 이리도 빨리 찾아오셨습니까?
작년 이맘때보다 더 잰걸음으로
소리 없이 오셨군요

가을비 끝자락에 숨어
몇 개 남지 않은 낙엽이
애잔히 이별가를 부르고 있습니다

휑하니 비어 버린 넓은 들판사이로
북풍이 검불더미를
열 발 높이 날려 보내고

텃논에서 벼이삭을 줍는
아이들의 해진 바짓가랑이 사이로
찬바람이 비집고 들어와
보송한 솜털의 날개를 접습니다

개울가로 무다발을
씻으러 가신 아버지는
금방이라도 내릴 것 같은 첫눈에
마음을 설레며

어릴 적 날려 보낸
가오리연을 찾아
지게 뒤편 머언 하늘을
바라봅니다

어머니

너무나 가슴 벅찬 이름입니다

어머니의 굽어진 허리를 봅니다
가는 세월이 야속하기만 합니다
저 가는 허리로 나와 누이를 업어
키우시느라 얼마나 힘이 드셨습니까?

어머니 얼굴의 굵은 주름살을 봅니다
달덩이처럼 곱던 얼굴에
그어 놓은 주름살은 세월이 아니라
바로 우리들입니다
오늘도 어머니 얼굴에 주름살 하나를
더 그어 놓지 않았나 걱정이 앞섭니다

어머니의 작고 고운 두 손을 잡습니다
이 작은 손으로 회초리를 잡으시던
어머니가 그립습니다

그때 우리는 눈물을 흘리며 울었지만
어머니는 가슴으로 소리 없이 우셨겠지요

어머니 머리에 덮인 흰 머리카락을 봅니다
거울 앞에서 윤기나는 검은 머리를
빗으시던 그 모습이 눈에 선합니다

어머니가 저를 업으셨던 것처럼
가만히 어머니를 업어 봅니다
너무나 가벼워진 어머니 몸이
저를 주저앉게 합니다
늘어나는 제 몸무게가 어머니의
육신이었음을 알았습니다

靈魂祭

휘젓는 두 팔 너머로
어둠을 살라먹고

바람을 일으키는 소맷자락이
가슴을 도려 낸다

휘영청 밝은 달이 서산 끝자락에
걸리는 즈음

두견이는 춤사위에 맞춰
숟갈 하나 만큼씩 붉은 피를 토한다

고수의 장단이 빨라지고
하얀 버선발이 분주히 움직이는 순간

먼저 간 형은 혼백을 추스르고
어머니의 울부짖음이 온 산을 휘감는다

한 풀어라 한 풀어라
이승에서 못다 한 꿈 저승에서 이루어라

지하 용트림이 발바닥에 느껴질 무렵
처녀무당 춤사위가 동작을 멈추고

산등성이 엷은 안개 너머로
하늘이 열린다

어머니 꽃

봄이 되었다지만
꽃들은 보이지 않는다

콘크리트 길가에는
창살에 갇힌 은행나무가
어렵게 푸른 새살을 돋아내지만
뿌연 매연에 연신 울부짖고 있다

네모진 건물들
울긋불긋한 간판들
생활에 지친 작은 몸 하나
내던질 공간조차 찾을 수 없다

파아란 잔디에 누워
종다리 울음소리 들으며
봄내음을 맡던 추억이
주마등처럼 지나간다

쑥 뜯던 어머니와 누나의
재잘거림도 귓전을 때린다

얼마나 헤매였을까
난 결국 한 송이 꽃을 찾았다
길 옆 공터 풀섶에서
청초한 제비꽃을 보았다

그리고 꽃잎에서 어른거리는
어머니도 보았다
환히 웃으시며 힘내라 하신다

이제 하염없이 흘러내리는 눈물을 닦고
봄을 맞을 준비를 해야 할 것 같다

고추잠자리

먼발치에 있다
행복과 진실 그리고 사랑까지도

손에 잡힐 듯 한데
잡으려면 멀리 달아난다

조급함은 항상 실패를 부른다
사람들은 왜 여유라는 단어를 즐겨 쓰면서도
정작 가지려 하지 않는 걸까?

정상을 오르는 지름길보다도
돌아가는 길이 더 아름답다는 평범한 진리를
왜 모를까?

雪花

아무리 뛰어난 화가라 하더라도
저렇게 아름다운 그림을 그릴 수 있을까
한 시간 남짓 눈발을 쏟아 붓더니
동양화 한 폭을 눈앞에 펼쳐 놓았어

가끔은 눈에 거슬리던 가시덤불과
잡초 더미 위에도 소담한 흰옷을 입혀 놓고
앙상한 나무가지엔 온통 백화를 만개해 놓았네

아니 자세히 보니 흰 색깔이 아니야
구름 사이로 비치는 햇빛을 받아 영롱하게 빛나니
은구슬색이야

화가들은 스케치를 해놓고선
색깔을 만들다가 붓을 놓아 버릴 것 같애

그리고는 저 그림 속으로
그냥 들어가 버릴 것 같아

논두렁에서

벼 벤 논두렁에서
깊어 가는 가을을 본다

그곳엔 지난 여름 벼포기를 오가며
분주히 먹이를 찾던
우렁이도 미꾸리도 없었다

그 대신 훈련소 연병장에서
훈련을 기다리는 신병들이
줄지어 서 있었다
빛 바랜 군복에 파란 철모를 쓰고

소금노 흐트러시시 않은 모습으로
좌우 대각선 반듯하게
도열해 있었다

"차렷" "연대장님께 경례"

서산에 걸쳐있는 붉은 해를 바라보며
목청을 높여 본다

그 순간 "충성"하는 함성이
들판에 울려 퍼진다

찬 기운을 가득 담은
북풍 한 줄기가 거세게
논두렁을 가로질러 빠르게 지나가고 있었다

이제 겨울이
얼마 남지 않았음을
신병들에게 알리고 있었다

낙엽이 우는 까닭

며칠 전부터 낙엽은 떨고 있었다
나는 그 잎새들이 기쁨에 겨워
춤을 추는 것으로 생각했다

조금씩 조금씩 얼굴에 채색을 하고
햇빛에 비추이는 모습이
눈물겹도록 아름다웠기 때문이다

때로는 스쳐 지나가는 바람에도
여유있게 손을 흔들었다

사춘기 때 어여쁜 소녀를 보고
숨이 사빠오도록 실레던
그때를 생각했었다

그러던 어느 날
두견이 소리에 깨어

휘영청 밝은 뜨락을 거닐다가
나뭇잎에 고인 눈물을 보았다

사람들이 잠든 깊은 밤에
나뭇잎들은 조용히 울고 있었던 것이다
동이 트면 부지런히 눈물을 닦아
흐르는 눈물을 보지 못했었다

내가 나뭇잎의 눈물의 의미를 깨달은 것은
시간이 한참 지난 겨울 어느 날이었다

삭풍이 불어대는 날에
나무는 짓이겨져 뒹굴고 있는 나뭇잎을 바라보며
소리내어 울고 있었다

나뭇잎은 오래 전부터
이별과 쇠락(衰落)의 아픔을 알고 있었기에

밤마다 밤마다 그렇게 달을 보고
울고 있었던 것이다

탱자나무

가시들이 모여 나무가 되었다
마치 돌들이 모여 둑이 되듯이

마을 어귀 토담자리 몰아 내고
탱자나무가 줄지어 서 있다

수 년 전 밤에 토방에 쌓아놓은 나락 다섯 섬 잃고
할아버지가 심어 놓으셨단다
할아버지는 탱자나무꽃이 피기도 전에
한을 가슴에 묻고 가셨다

가시마다 한이 서린 탱자나무
햇빛을 받은 가시가 창끝처럼 심장을 꿰뚫을 것 같다

선혈을 먹고 핀 하얀 탱자꽃
벌조차 찾지 않는 할아버지 혼백이다

그러나 가을 어느 날
난 유채꽃보다도 더 노란 탱자를 보았다
그 속에서 환하게 웃고 계시는 할아버지를 보았다

내가 오르고 싶은 산

먼 산이 내게로 온다
아니 내가 먼 산을 향해 나아가고 있다
꼭 가운데 지점에서 나는 그 산과 만났다

내가 꿈에서 그리던 산이다
내가 오르고 싶은 산이다
그리고 정상에서 소리를 지르고 싶은 산이다

주저 없이 나는 그 산에 안기었다
향수보다 진한 이끼 냄새가 날 취하게 했다
길도 없는 숲을 헤치며
난 자꾸 그 산의 넉넉한 가슴속으로 들어갔다

어머니 가슴처럼 포근했다
내가 길을 잃어도 정상으로 향하는 길을
안내해 줄 것만 같았다

얼마나 헤매였을까
나는 그 산의 꼭대기에 갈 수 있었다
내가 그곳까지 갈 수 있었던 것은
뒤에서 떠미는 뭔가가 있었기 때문이다

내가 나를 다시 발견한 것은
산바람이 구름을 안고 한차례
힘을 내고 있을 때였다

나는 온통 하얀 세상에서
나 홀로 하늘을 대하고 있음을 알았다

그리고 한참 후 저 멀리서 손짓하는
어머니 얼굴을 볼 수 있었다
항상 지금처럼 하얀 마음으로
세상을 살아가라고 속삭이고 계셨다

그리움

그대는 듣는가 낙엽 지는 소리를

낙엽이 질 때마다
그 크기만큼씩
내 가슴은 구멍이 뚫린다

그리고 비인 그 자리에
묻혀진 추억들이 조용히 자리를 잡는다

아지랑이 피어오르던 유채꽃밭에서
연둣빛 가는 줄기처럼
우리 사랑은 시작되었다

폭풍우가 몰아치는 밤바다에서
하얀 거품을 내뿜으며 출렁이는 파도처럼
그렇게 우리 사랑은 불꽃을 피웠다

떡갈나무와 상수리나무 이파리들이
수북이 쌓인 숲 속에서
도토리보다 더 단단하게
우리 사랑은 결실을 맺었다

그러나 진눈깨비 소리가 새벽을 여는 어느 날
문풍지에 스며드는 찬바람을 남기고
눈 위 희미한 발자국 따라
우리 사랑은 끝을 맺었다

그 아픔을 잊으려
당신과 같이 있던 날보다도
더 많은 밤을 하얗게 새며
보내지 못할 편지를 하염없이 쓰곤 했다

비바람이 불어도 흰 눈이 내려도
가슴을 꼬옥 닫고

그렇게 그렇게 살아왔다

그러나 지금처럼 가는 바람에도
낙엽이 우수수 떨어지는 날이면
닫힌 가슴이 자꾸만 열림을
밤하늘 별을 헤며 조용히 고백하고 있다

사랑

사랑은 창문을 통해 쏟아지는 햇살에
수줍게 웃는 난초꽃이다

사랑은 먼길 걸어온 나그네에게
산사의 노스님이 건네 주는 작설차 맛이다

사랑은 은쟁반 위에서
또르르 구르는 옥구슬 소리다

사랑은 낙엽을 태우면
연기와 함께 피어나는 불꽃이다

그리고 마지막 사랑은
밤이 이슥하도록 피 토하며
질러 대는 두견이 울음소리이다

호수의 달

밤이슬 맞으며 호숫가에 앉으니
살랑 부는 바람에 이는 물결이
가슴속 깊은 곳까지 퍼져간다

호수 깊은 곳에 숨은 달님이
아른거리며 내게로 다가온다
활짝 웃는 얼굴이다

한잔 마신 술 때문만은 아니니라
오늘따라 저 달님을
가슴에 꼭 안고 싶었다

갑자기 물결이 거세며
물줄기가 용솟음쳐 둑 위를 넘는다
거센 힘으로 아래로 아래로
물은 흘러내렸다

이제 조금 있으면 호수의 물이 말라
물 속 깊은 곳 달님이
밖으로 나올 것 같았다

달님은 물결을 따라
조금씩 조금씩 가까워오고 있었다

나는 어느 순간 호수의 물이 다 흘러
달님이 내 발 밑까지 와 있음을 느꼈다

나는 자리를 박차고
호수로 뛰어내렸다
저 달님을 남보다 먼저
가슴에 안기 위해서였다

그리고 한참 후 침대 위에서
링게르 꽂은 손으로 달님을
애타게 부르고 있었다

벚꽃

하얀 눈발처럼 내리는 꽃잎이여
조급한 성깔 못 이겨
제자리 있지 못하고 떠나는구나

平常心을 가지려고
中庸을 지키려고 애쓰다가도
그러지 못하는 내 마음 같다

화사한 자태에 도취되어
제 분수 잊어버리고
추락하는 꽃잎이여

그러나 보금자리 떠나
바람에 몸을 맡기는 순간
덧없는 생은 끝나 버렸다

먼지 뒤집어쓰고 아스팔트 뒹구는

네 모습 한없이 처량하다
중심 잃고 헤매는 내 모습 같아
하염없이 눈물만 난다

삶이라는 것

인생은 바람처럼 그저 스쳐 가는 것

바람은 모든 것 다 버리고
몸을 맡기라 하는데
육중한 몸을 바람에 홀연히 맡길 수 없다

먼 하늘 흘러가는 구름은
여기저기 떠돌며 세상을 멀리 보라 하는데
어깨에 둘러멘 짐이 무거워
이곳을 차마 떠날 수 없다

밤하늘 별들은
아주 오래 적 할아버지 얘기를 해주겠다는데
삶이 힘들어 몸을 뒤척이며
창 밖 별들을 쳐다보지 못하고 있다

시냇물은 노래하며

아래로 아래로 유람이나 하자 하는데
왜 나는 힘들게 위로만 가려 하는 걸까

동구 밖 노송은 자신처럼
홀로 살아가는 법을 배우라 하는데
빈 방 지키는 난 이렇게
외로움에 떨고 있어야 하나

바람에 몸을 부대끼며 대나무들은
서로 의지하며 살라 하는데
우린 왜 오순도순 살아가지 못하는 걸까

삶은 구름처럼 시냇물처럼 밤하늘의 별처럼
그리고 소나무와 대나무처럼 그리 살다 가는 것

부대끼며 으깨지며 살지라도
모두를 사랑하고 싶다

무거운 짐 훌훌 털고 멀리 멀리
넓은 세상을 보고 싶다

하늘이 내 영혼을 부를 때까지……

　중학생 때 2주일에 한 시간씩 편성되어 있는 작문 시간이 기다려 진 적이 있다. 선생님이 자상하신 것도 마음에 들었지만 원고지 뭉치로 자기 작품집을 만들어 매시간 시나 수필을 2편씩 써서 선생님께 검토를 받고 발표하는 것이 무척 좋았다.

　그때 내 작품집은 『논두렁』이었는데 운좋게 매번 발표자에 끼어 서울 아이들에게 어렸을 때 뛰놀던 내 고향 얘기를 들려주는 게 어깨를 으쓱하게 해주었다.

　문학과의 좋은 인연은 아마도 그때 맺어진 것 같다. 그러나 그 선생님과 이별한 후 솔직히 글을 쓸 여유조차 없이 생활하다가 다시 펜을 잡기 시작한 것은 지금 초등학교 3학년인 막내를 얻고 나서이다. 느지막이 어렵게 얻은 막내놈이 어찌나 귀엽던지 집에 돌아오면 보고 또 보고 얼르고 달래고……. 아무튼 애가 잠을 자지 못할 정도로 귀찮게 했는데 그때 설레던 마음이 다시 펜을 잡게 했다. 따뜻한 방바닥에 배를 대고 대학 노트에 한 줄 한 줄 생각을 정리하는 재미가 여간 솔솔한 게 아니었다. 어렸을 적 시골 뒷동산에서 뛰어놀던 추억과 옛 친구들, 고향의 나지막한 산과 깨끗한 시냇물, 그리고 지금은 늙어 버리신 어머님의 고운 얼굴 등이 새록새록 되살아나기 시작했다. 그 아름다운 추억들은 나에게는 소중한 자산이며 오늘의 나를 지탱해 준 버팀목이 아닌가 생각된다. 삶이 힘들고 어려움이 닥칠수록 지나간 추억들은 나에게 용기를 주고 낮은 자세로 사물을 대하게 하는 법을 알려 주고 있다.

그것은 때묻지 않은 자연이 있기 때문이리라. 옷깃을 스치는 바람. 흘러가는 뭉게구름, 뒹구는 낙엽, 大雄殿 뒤꼍에서 들려오는 소쩍새 소리 모두가 우리의 삶을 윤택하게 해주는 윤활유이자 삶의 길을 안내하는 길잡이가 아닌가 생각한다.

솔직히 가슴을 풀어헤친 습작들을 세상에 드러내기가 여간 부끄러운 게 아니었다. 물가에 박혀 있는 돌멩이를 꺼내 놓았을 뿐인데 정으로 다듬지도 않고 진열장에 내놓는 기분이었기 때문이다. 그러나 다듬어지지 않은 돌멩이는 나름대로의 의미가 있으며, 특히 내 어릴 적 고향 얘기를 들려주고 싶은 욕심에서 용기를 내었다.

이제 시작일 뿐이다. 삭막한 도시에서 살아가는 자식들이 선조가 누워 계시는 고향과 시골 사람들의 순박한 인심, 그리고 아침 이슬 한 방울의 의미를 스스로 깨달을 수 있도록 무딘 펜이지만 손을 놓지 않으리라.

나승빈

1951년생. 경희대 국문과, 고려대 경영대학원 졸업. 천주교 문학지 신인 문학상 수상(97년), 콩트집 『평양아리랑』(94년 9월), 시집 『가슴의 바다』(2000년 3월) 출간. 그 외 창작소설 「하얀 빛 그 추억」 「떠도는 별 하나」 「극한 상황」 등 다수.

님의 자리

가을이 떠난 빈 자리에
님이 서 있다.

님이 오는 빈 자리에
겨울이 있다.

봄이 떠난 빈 자리에
님이 서 있다.

님이 오는 빈 자리에
여름이 있다.

계절이 떠난 빈 자리에
님이 서 있다.

님이 오는 빈 자리에
계절이 있다.

계절은 님을 맞아
님은 계절을 보내며
늘 거기 그렇게 서 있다.

외로운 섬

고독한 날이면,

그대는
깊은 침묵으로
내게 다가와
푸른 바다가 되었다.

나는 푸른 바다로
그대에게 다가가
깊은 침묵이 되었다.

그대와 나는
바다의 침묵으로
침묵의 바다로
그렇게 만나서—

외로운 섬이 되었다.

가을 날개

〈낙엽은 가을의 날개다.〉

—낙엽을 사랑하는 사람에겐,

삶과 죽음의 생각이 하나요
기쁨과 슬픔의 느낌도 하나다.

사랑과 이별의 가슴도 하나요
환희와 허무의 마음도 하나다.

—낙엽을 밟는 순간,

황량한 바람과 샛별도 하나요
떠도는 강과 골짜기도 하나다.

마지막 표정과 그 꿈도 하나요
삭막함과 둘의 속삭임도 하나다.

―가을이 깊어가면 낙엽은,

다소곳이 앉아 눈을 감고
온 세상 미련을 다 버린 채
편히 쉴 날을 기다린다.

―그러나 낙엽은,

진정 가는 곳을 모르기에
언제나 우리를 고독하게 하며

영혼의 그 흔적을 따라
神의 부름으로 날개를 거둔다.

〈가을은 낙엽의 신앙이다.〉

흐르는 눈

눈.
흐르는 눈.
소리 없이 떠도는 눈.

가슴에 묻어 둔
세월의 골짜기 사이로
인생의 눈이 내린다.

눈.
흐르는 눈.
쉬지않고 잠기는 눈.

추억에 담아 둔
세월의 나뭇잎 사이로
인생의 눈이 내린다.

눈.

흐르는 눈.
봄, 여름, 가을 내내
그리움에 시달렸던
연인들의 흰 눈망울.

눈.
흐르는 눈.
하늘로 쌓이는 눈.

그곳엔 백조가 날고
날갯짓 허공 속으로
―인생의 눈이 내린다.

별나무

동짓날 고독한 공원—
겨울나무는 별나무가 된다.

겨울나무 가지에 걸린 별
별들에 매어달린 겨울나무.

겨울나무는 별이 살아 슬프지 않고
별은 겨울나무와 살아 슬프지 않다.

동짓날 길고 긴 밤.
외로운 별만이 내려 별나무가 되고
겨울나무는 하늘로 올라 나그네 된다.

가슴에서 피어나는 겨울 꿈나무
—동짓날 별나무.

가슴의 고향

그대,
가슴으로
아름다운 새벽이 오거든
살며시 눈을 뜨고
가장 그리운 얼굴로
내게 달려와요.

그대,
가슴으로
타오르는 황혼을 보거든
살며시 미소짓고
가장 거룩한 얼굴로
내게 달려와요.

그대,
가슴으로
황홀한 달밤을 맞거든

살며시 눈을 감고
가장 달콤한 사랑으로
내게 달려와요.

그대 가슴은 나의 고향이니까―

운명의 그림자

어느 날 밤.

얼굴을 가린 한 거인이 나타나 나의 팔을 비틀고서 이마에 권총을 겨누었다.

나는 그때 처음으로 지구가 돌아가는 소리를 들었고, 심장에서 울리는 천둥소리를 들었다.

―당신은 누구요?…, 왜 내게! 총을 겨누는 거요?

+나는 정체가 없다. 단지 이 총의 성능을 시험해보려는 거지! 바로 당신을 상대로…

―왜? 왜 하필, 내게 그런 짓을!…

+운명을 시험할 때는 대상을 따지지 않는 법이지! 운명 그 자체가 바로 운명이거든.

(나의 팔은 거인의 손에서 점점 뒤틀려가고…총의

방아쇠는 서서히 조여간다.)

이제는 지구가 거꾸로 돌아가는 소리를 들었고, 심장
의 피가 머리 끝으로 솟구치는 소리를 들었다.

—넌, 악마야! 그토록 내가 찾아 헤매던 바로 그 악
마!

＋(아 하 하 하…) 악마라고, 내가? 인간들은 곤궁에
빠지면 모두 악마의 탓으로 돌리는 못된 습관을 가지
고 있지. 지혜롭다고 하는 사람일수록 더 어리석은 변
명을 늘어놓거든…, 자, 말해 봐! 차라리 살려달라
고!…가장 슬픈 목소리로 외쳐 봐! 제발 목숨만은 살
려달라고 말이야!.

—닥쳐라! 차라리 네게 목숨을 구걸하느니 이대로
죽겠다. 그러나 너무 억울하다. 너 같은 더러운 악마의

손에 쓰러지다니…

＋그래, 그 갸날픈 한 가닥 자존심 때문에 네 목숨까
지 내놓겠다!…흥, 인간은 왜, 이렇게 어리석게 만들어
졌나? 그리고 자존심은 인간만이 가지고 있는 특전인
양 생각하는데,…이 세상의 모든 것들도—다 자존심을
가지고 있지. 단지 사람들만이 그 사실을 모르고 있을
뿐이야.

—내가 네게 생명을 구걸하지 않는 것은 자존심이 아
니라 양심! 때문이다. 인간이 너 같은 악마에게 굴복하
여 생명을 보전한다면, 인간 세상은 바로 너희 악마의
뜻대로 되어 버리겠지! 나는 그것을 용서할 수 없어!
자, 어서 방아쇠를 당겨라!

＋(아 하 하 하…) 정말 웃기는군! 지금 이 시대에도
인간의 입으로 '양심'을 이야기하다니…너희가 악마라

고 부르는 그 '사탄'이라는 자는, 바로 그 양심 때문에!
네 이마에 총구를 겨누고 있는거라구. 심장의 맑은 피
를 뽑아—더럽혀진 지구를 깨끗이 청소해주려구 말이
야!.

　—듣기 싫다! 다시 묻는다. 너는 누구냐? 정체는??

　+그래, 그래도 나를 모르겠느냐? 이 어리석은 자여!
"나는 바로 너다!. 너는 지금 네 자신을 바라보며 대
화하고 있는 거야., 네 손이 네 팔을 비틀고, 네 이마에
방아쇠를 당기고 있는 거라구!…, 참으로 딱한 그대 운
명아! 왜 아직도 그것을 모르느냐?"

　—아, 아니야! 나는 악마가 아니야!! 나는 네가 아니
야!

　지구가 돌다 멈추는 소리를 들었다. 심장에서 피흐르

는 소리가 동시에 멈추었다.

(모든 것이 정지된다. 그리고 나는 눈을 떴다.)

—악몽이야!!! (그러나 현실이 그래,?!……)

소망

봄 빛 푸른 소리
여름 빛 붉은 소리
가을 빛 노란 소리
겨울 빛 하얀 소리

계절 빛이 살아가는
세상 소리의 숲에서
나 홀로라도 눈을 떠
바람에 흔들리지 않는
한 그루 나무이고 싶다.

그 나무들 숲 속에서
어린 가지 새싹들이
고운 노래 서로 부르며
아름다운 꽃을 피우는
무성하고 곱게 뻗은
큰 뿌리 나무이고 싶다.

님

그곳에
님이 있다.
하늘바다에 님이 있다.

성난 바람에 철썩, 철썩 일어나
하늘바다 한가운데 서 있다.
세월에 지친 흰 거품을 마시며
내리치는 파도 소리에 춤을 추며
가슴으로 운명의 닻을 올리고 있다.

님은 혼이 잠든 밤에도
홀로 하늘바다를 떠다니며
용왕의 옛 슬픈 전설을 듣는다.

―심칭이가 서해 바다에
몸을 던진 건,
해를 등진 눈먼 세상을 향해

순결한 영혼을 제물로,
두 눈을 씻어 밝히려는
구원의 불빛이 아니런가.─

날아간 저 세월 위에
하늘과 맞닿은 바다를 보라!
기다리던 님이 잠에서 깨어나
단장을 하고, 손짓을 한다.
그리운 님의 꿈이 살아서
하늘바다 온몸을 감싸안는다.

이제 하늘바다로 흘러온 님
님을 보러 마중길로 떠난 님─
그 빈 자리에 등불을 켜고,
─하늘바다 얼굴, 님의 품에서
새 생명으로 다시 태어나고 있다.

*하늘바다(겨레)에 님(통일)을 맞으며……

가슴의 江
—이산의 아픔을 겨레의 품에 안고

1

우리 그 어느 날
이토록 긴 세월의 강을 본 적이 있던가?

그리움이 되돌아 슬픔으로 고이고
恨으로 쌓여서 가슴에 넘치고
마침내 눈물로 강이 되어 흐르는 것을…
南과 北의 골육은 그렇게 만났다.

50년—절망으로 토해 낸 시간들,
슬픔의 강은 바다 보다 더 깊은 곳에 있었다.

이산—그 고난의 길, 외로운 넋!

우리는 보았다.
온몸으로 마음의 상처를 쓸어내리며

혈육의 본능으로 울부짖던 그 애절함을.

피보다 더 진한 눈물
그 사연을 삼킨 불타는 목마름—
이제 눈물의 강은 가슴의 강으로 흐르고
그 숨소리, 아직도 핏줄을 적시고 있다.

2

우리 그 어느 날
이토록 먼 그리운 강을 본 적이 있던가?

세월이 되돌아 슬픔으로 고이고
가슴에 쌓여서 恨으로 넘치고
마침내 강으로 눈물되어 흐르는 것을……
南과 北의 골육은 그렇게 만났다.

반세기—고통으로 녹아 흐른 시간들,
인내의 강은 기다림 보다 더 깊은 곳에 있었다.

이산—그 마지막 이별, 상봉의 꿈!

우리는 보았다.
영혼의 상처까지 눈빛으로 어루만지며
혈육의 情으로 발버둥치던 우리의 형제들을.

피보다 더 진한 눈물
그 사연을 삼킨 타오르는 소망—
이제 가슴의 강은 삶의 강으로 흐르고
그 목소리, 아직도 하늘을 떠돌고 있다.

유혹

1

내가 괴로울 때
너는 향기로웠고
내가 향기로울 때
너는 괴로웠다.

나의 아픔으로
너의 기쁨이 있었고
너의 기쁨으로
나의 아픔이 있었다.

2

유혹, 너의 이름은
혀의 운명을 쫓아

검은 입술로 자라난
환각의 늪이다.

그러기에 네가 잠들면
세상이 아름답고
네가 눈을 뜨면
꿈만이 살아남는다.

표정

표정은 삶의 거울이다.

삶의 표정은
태어날 때는 모두 하나다.
그러나 죽을 때는 서로 다르다.

표정은 운명의 거울이다.

운명의 표정은
육신의 지나온 세월이고,
숨겨진 영혼의 모습이다.

표정은 삶과 운명의 얼굴이다.

등정

눈산.
험한 빙벽의 절경.
자일 하나에
미래를 걸고, 오른다.
그리고 생각을 멈춘다.

"내가 가는 곳에는
神이 기다린다."

그 의지는
인간에게 아닌
神을 향한 도전이다.
하늘 가까이
얼어버린 영혼을 찾아
생명을 넘어서 간다.

승리는 인간의 한계다.

스스로 제물이 되어
가장 신성한 눈밭에서
위대한 神에게만 바쳐지는
알파인의 제사.

오직 神의 발자국을 따라
또 오르고, 오른다.
그러나 그 운명은
슬프지만 너무 아름답기에
그곳엔 늘 사람이 서 있다.

블랙홀과 화이트홀

사람 안에도 블랙홀이 있다.
세상의 밝은 빛이 들어오면,
못 견디어 이내 삼켜 버린다.

블랙홀은 육신의 늪이다.

사람 안에 화이트홀이 있다.
세상의 어두운 빛이 들어오면,
견디지 못해 이내 삼켜 버린다.

화이트홀은 영혼의 숲이다.

비움의 미학

사람이 아름답게 보이는 건
그 무엇을
채워갈 때가 아니라
비워갈 때이다.

사람이 더 아름답게 보이는 건
그 무엇이건
다 비워 놓고
채우지 않을 때이다.

사람이 가장 아름답게 보이는 건
그 무엇이나
다 비워 놓고도
마음이 평화로울 때이다.

　나는 중고등학교 시절, 서가에 꽂힌 몇 권의 사상 전집과 철학서들을 접하고서 나도 크면 이런 어마어마한 글을 쓸 수 있을까? 하고 생각하면서, 얼굴 붉히며 가슴 설레던 기억이 난다. 그후 대학 시절, 문학을 전공하면서도 늘 나의 가슴 한곳을 점령하고 있던 것은 결코 채워지지 않는 공허한 꿈의 고독이었다. 그렇기에 내 안에 갇힌 방랑과 그 고통에서 늘상 초라한 나의 모습에 놀라곤 했다. 그러나 더욱 놀란 건, 긴 세월이 지난 이제 반백의 나이에도 그 꿈의 갈등과 고독의 그늘이 물러서지 않고 깊게 뿌리하고 있다는 것이다.

　작년 3월 시집 『가슴의 바다』를 독자 앞에 내놓고서 나는 즐거움보다는 더 큰 고뇌의 시간들로 몸부림쳤다. 그건 도달하고자 했던 그 세계가 더 멀리 느껴졌기 때문이다. 어쨌든 나의 시의 출발점은 '가슴'이다. 나의 의식에, 영혼과 육신 사이에 살아가는 그 '가슴'—

　요즈음 많은 사람들은 가슴의 존재를 잊고 산다. 그래서 나의 작으나마 몫이라면, 가슴으로부터 멀리 떠나간 사람들에게 '시'라는 길을 통해 다시 되돌아오도록 기도하며 고백하는 일이리라.

　나는 첫 동인 작품집 『님의 자리』에 참여하면서 오래 정을 나눈 동인들의 땀방울을 기억하고, 어느 날엔가 꼭 채워야 할 '그 꿈과 고독'의 승리를 위하여—어두운 밤, 홀로라도 촛불을 켜리라. 그리고 오늘도 나의 가훈을 가슴에 새기며 살리라.

　"의지가 있는 곳에 神이 계신다"

이용원

1945년 충청남도 예산에서 출생.

꽃상여

잠실의 봄은 벚꽃으로 열리는데
한식에 만개 된 여린 꽃이파리
닷새 만에 내리는 봄비로 밤을 지새우더니
새벽 희미한 빗속에
나가 보니
아! 내 작은 차를
온통 꽃잎으로 덮었네

안쓰러워 가슴 아파
차마 쓸어내지 못하고
내 오늘 하루 하얀 꽃잎이 되자고
그냥 차를 몰아 강변에 달리네

어제는 꽃 그늘 속에 무릉 도원이더니
이제는 꽃상여 타고 강물 위를 날아
하늘 먼 곳으로 두둥실 떠가는가……

못난 自畵像

우리 룸싸롱이나 호텔커피 낯설지만
목로 주점 쐬주 한잔으로
사람끼리 이야기 나누기 더 좋아서
오늘밤 얼큰해지고 흥얼거리며

지하 계단 길 찌그러진 우유깡통에
살그머니 내려놓는 동전 소리가
행여 아기 안은 채 졸고있는
눈먼 여인 깨울까봐 조심하는

― 에그, 그렇게 못나게 살면서……

解脫의 길은 아직도 멀어
감정의 탈색 온전치 못한 채
世間의 추한 꼴 악한 소행
무례함도 비열함까지도
그저 용서하고, 맨날 양보하고

大河를 건넌 인간 자유를 선언하지만
안으로 일렁이는 번뇌를 끊지 못한다네

人生은 짧다고 말들 하던데
마음 가난한 선비의 자존심
마저 지키키엔 너무 먼 것 같애

못난 놈이 못난 대로 無心할 일이지
朔風이 모질다고 달빛 걱정은 왜 하는고

세월

잿빛, 겨울 명동의 붐비는 인파 속에서
우연히 마주한 당신이
이제는 화사한 미소 감추고 사는
겨울 여인이 되어 있더이다.

차마 괴로워
가슴속 보이지 않는 깊은 곳에 묻어 두었던
추억의 아픈 파편들을 조심스럽게 하나 둘
꺼내 보는 것은 차라리 쓸쓸한 미소였습니다

한여름 붉은 장미조차도 시샘하던
꽃보다 더 고왔던 그때 당신의 모습이
사슴처럼 부드럽고 길어 하얗게 눈부시던,
지금은 야위어 버린 당신의 목에서도
밟으면 조각조각 부서져 흩어질
앙상한 겨울 낙엽 같은
세월의 그림자를 엿보았습니다.

마음과 달리 바람은 불어오고
또, 그렇게 무작정 바람이 지나가던
24년의 긴 아린 가슴속에서
당신도 나도 또한 그 어느 것도
달라진 것이 없는데
오로지 세월만이 변해버린 것입니까?

돌아선 내 가슴에
겨울 낙엽보다 더 짙은
눈물이 고이더이다.

낙엽을 밟고 싶거든 잠실로 오시오

19평 낡은 전세방이라
친구 들어와 앉을 자리 비좁지만

대문 밖 동네 안 길로 이른봄 여린 벚꽃은
화폭에 뿌려지는 물감처럼 예쁘게 洛花로 눕고,
한강 둔치 뛰노는 아이들 소리가
뚝 넘어 숲 속에서 귀가 멍하도록 울어대는
시원한 매미 소리에 묻히는 한여름,
붉은 장미는 햇살만큼이나 화사하게 피어나고

늦가을 노랑 은행잎이 포근한 융단으로 깔려
가슴 설레이는데
어디 그뿐인가
가을 숲, 지천으로 밟히는 落葉있어
내 가난한 주머니는 진한 鄕愁로
수확철 농부의 곳간보다 풍성함이 더하여 즐거우니
낙엽이 좋아 잠실에 살면 그뿐

인심이야 무에 대수일까

친구여
낙엽을 밟고 싶거든 잠실로 오시오

장미

언젠가 붉은 장미 세 그루 심어
마음을 주었더니

담장으로 대문 위로
추녀 끝으로 힘찬 넝쿨 뻗고
흐드러지게 피어주는 꽃송이들

해마다 이맘때가 되면
뜨락을 가득 메우는

영산홍, 철쭉에 쫓아
집안을 온통 붉게 물들여
내 작은 가슴을 취하게 하는데

예쁜 꽃잎이
꽃 그늘 속으로 낙화되어
푸른 잎 푸른 가지 그림자 위에

핏빛으로 눕게 되면

내 젊은 날의 꿈도
세월처럼 시나브로 사위여가네.

보릿고개

책보 풀러 어깨에 둘러메고
깜부기 얼굴 칠하며
보리밭 언덕길을 뛰어넘어 집에 가는 길
허기진 배로 아까시나무 꽃잎 훑어 먹고
계곡 물 마시려 엎드리다가
어질어질 주저앉고들 말았지

산자락 너럭바위에 팔 베고 누워 하늘을 보면
숲에선 뻐꾸기 처량하게도 울었고
하얀 구름은 솜사탕으로 가슴에 녹아드는데
나른한 오후의 졸음을 오히려 반기며
보릿동 넘기를 힘겨워 했어

殘雪이 먼저 녹은 양지녘에서
알밴 칡뿌리 캐는 날은 성찬이었고
4월의 진달래는 쌉쌀했었지

아! 이제는
까끄라기 누렇게 메워지는 걸 보니
밥을 먹을 수 있겠네

사람들은 얘기합다

花卉 온실에서 일을 해야
학교를 다닐 수 있었습니다.
선인장 다듬으며
손등은 어느덧 선인장이 되어버리고
닭똥과 깻묵을 손으로 버무려 거름 만들고
뙤약볕에 그늘 만들어
무거운 화분 요리조리 옮겨가며
화초마다 흠뻑흠뻑 물을 주고 나면
흐르는 땀이 물보다 많아 보였지요

해 저물어 손 씻고 밥상 앞에 앉으면
숟가락 들어올릴 기운조차 없어
눈꺼풀은 자꾸 아래로 감기고
쏟아지는 졸음을 약 기운으로 쫓으며
공부를 해야 했습니다.

그렇게 화사한 장미 꽃잎이 만들어지고

그렇게 신비스런 蘭香을 피우면
사람들은 얘기합디다
꽃 속에 살고 있으니
얼마나 행복하냐고.

굴렁쇠 이별

아버지 상을 당했던 그날
나이 어린 큰아들은 동네 아이들과
굴렁쇠를 굴리며 뛰어 놀고 있었지요
고향 산에 아버지를 묻고 내려오면서도
그것이 무슨 의미인지 모르고 있었나 봐요

고생 모르고 곱게만 살아왔던 젊은 엄마는
등잔불 밑에서 밤새워 삯바느질로
사 남매를 키워야 했지요

다음 해 혼자 찾아간 정월 성묘길
발목을 덮는 눈 속에 무릎을 꿇고
비로소 소리치며 울었던 것은
일 년을 지내고 보니, 그때
아버지는 이 세상을 훌훌 떠났던 거였어요
다시는 집에 오실 수가 없었던 거였어요

사람이 그럴 수 있나 싶어 혹시나 하면서
참아왔던 눈물이 가슴을 메우는 것은
당장 배가 고픈 것도 그렇지만,
학교 입고 갈 옷이 없는 것보다두요
밤새운 손재봉틀 앞에서 꾸뻑꾸뻑 졸면서
손 끝에 바늘 찔려 깜짝깜짝 놀라 깨는
우리 엄마 정말 못 보겠어요
한 사람이 죽었다고 해서
남은 사람 사는 게 이렇게 달라질 수 있는 겁니까?.

내 마음 빈 들녘에

그때도 내 마음은
마냥 쓸쓸하기만 했던가 봅니다
그 외로움의 그늘을
당신의 화사한 미소가 거두어 주고 있어
내게는 소중했던 그런 당신이 떠난 뒤

오랜 세월 망각의 바다를 건너지 못하는
나의 빈 가슴에
떠나고 없는 당신의 숨결은
왜, 내 안에 숨어 있어야 했나요

지금은 흔적 없는 추억들을
소중한 기억으로 깊이 묻어 보았지만
소망의 그 이름은
한 점 쓸쓸한 바람으로 허공을 스칠 뿐
영원히 채워질 수 없는
허무 같은 것으로 가슴을 앓고

내 마음 빈 들녘에
속절없는 가을비만 하염없더이다.

귀울음

귀가 윙하고 벌레 들어간 느낌을 갖고 병원엘 갔다.
―코를 막고 바람을 힘껏 밀어내는 동작을 몇 번씩
하시구요
어금니를 딱딱 소리내어 맞추시는 것도 좋구요

무엇에 그리 화가 났는가
고막이 서서히 움직이면서 괴상한 소리를 만들어낸
단다.
태평양 거대한 해저 지표면이
밀고 당기고 솟아오르고 갈라지고
마침내 사나운 해일을 만들어 지상을 쓸어버리
듯……

약을 지어주면서 예쁘장한 중년의 여의사는 말했다.
―나이 들면 그럴 수도 있죠 뭐. 너무 신경 쓰지 마시
구요
껌을 좀 씹어 보세요.

그래서 오늘,
나는 껌을 씹고 있다.
짝 짝 소리내며 껌 씹는 여자들을 보고
속으로 흉을 봤던 내가
벌을 받는가 보다.

새해에는 사랑하게 하소서

산등성을 넘는 바람이 차가워
이제 또 한 해를 접어야 하는가 봅니다.
자꾸만 뒤로 밀려가던 아쉬움의 순간들도
지금은 숨이 차 멈춰 있는데

장마철 험한 황토길
무거운 침묵으로 힘겹게 헤쳐 나오면서
결코 편치 만은 못했던 지나간 시간들을
원망도, 동정도, ……아니, 다 덮고
사랑하게 하소서

따스했던 情으로 고운 꿈 펴시고
보람 속에 맞는 새해에는
우리 모두 그렇게 그 자리에
善한 꽃이 되게 하소서
믿음직한 바위 되게 하소서

*戊寅年 歲暮

　*Note : 1998년은 참으로 힘겨웠던 한 해였시요. IMF체제의 정부이 구조
조정 정책으로 전국 방방 곡곡에서 명퇴, 황퇴, 조퇴 등 온갖 별칭의 퇴출자
들이 쏟아져 나오고, 수많은 기업들이 부도, 도산, ……누구를 원망할 수도,
누구를 단죄할 수도 없는 참담한 시간의 연속, 도심 곳곳에 노숙자들이 늘어
가고…… 같이 웃고 지내던 직장 동료들이 때로는 반발하고, 혹은 눈물을 감
추며, 어떤 이는 담담하게, 또는 가슴에 비수를 품으면서 그렇게 우리의 곁을
떠났습니다. 남아 있는 者인들 마음이 편했겠습니까마는……

예전엔 그랬었지요

함께 거닐던 바닷가의 저녁 노을은
당신이 바라보아 주니
갑자기 전율로 느껴지는 황홀경이 되었습니다

4월의 봄, 산자락에 피어난 진달래도
당신이 곁에 앉아 주어야
비로소 예뻐지는 걸 보고 신비스러워했지요

하늘의 별도 그래서 영롱했구요
5월의 수수꽃다리 향이 그윽한 것도…
산도, 바다도 당신 있어 아름다운 거라고
나 또한 당신 곁에 있어
하나의 삶이 되었지요

사랑했던 사람이여
당신을 결코 잊은 건 아니라고
지나버린 세월만큼이나
빛 바랜 소리로 되뇌어 봅니다.

고추잠자리

쪽빛 가을 하늘 아래
고추잠자리가 멋진 비행을 한다.
소리가 없다
사람의 비행처럼
요란한 소리를 내지 않는구나.

감

여남은 개 매달린 것이
그나마 너무 볼품이 없어

옛 고향집
툇마루에서 바라보던 감은 그게 아니었지

크기도 달랐어,
색깔도 달랐어.

도회의 찌든 바람에는
제대로 클 수 없었나봐

아무렴
주변의 인심이 싫었던 거야

山

산엔 메아리 있어
소쩍새 울고
산엔 스치는 바람 있어
진달래꽃을 피우네.

永劫을 묻은 바위틈은
太古의 향수를 달래며
風霜을 인내하는 靑松은
차라리 침묵이어라.

산엔 메아리 있어
내게 말하네
……산처럼 살아라.

산골에서 태어나 산에서 자랐다. 봄볕 따스한 양지녘에 진달래꽃을 피우며 나뭇가지 사이로 스치듯 지나는 포근한 바람이 좋았고, 가을숲— 자작나무, 개암나무, 떡갈나무, 상수리나무— 단풍 사이를 현란한 몸짓으로 뛰노는 청설모, 다람쥐들의 곡예를 보면서, 눈꽃 피어난 겨울산 차가운 바람 끝에 떨며 비비대는 裸木의 외로움을 함께 하면서…….

도회의 아파트 숲 속에 초라한 모습으로 매연에 떨고 있는 플라타너스, 벚나무, 은행나무, 그래도 너무나 반가웠던 자귀나무의 황홀한 꽃술을 안쓰럽게 바라보는 나는, 어쩔 수 없이 고향산을 잃어버린 鄕愁病이 숙명인가 보다. 아니면 無用의 執着일까? 잃어버린 고향의 산과 잃어버린 여인에 대한 잊혀감의 죄스러움을 무디어 둔탁한 소리로 이야기하면 누군가 함께 촛불을 밝혀 밤새워 줄 이 있을까?

추억의 몸부림으로 시작되었던 나의 詩가 진실되고 소박하고 싶었던 시절, 숨은 그림 찾듯 난해하고 끝까지 읽어가기가 난감한 그런 작품으로 차원 높고 좋은 詩라고 평가받기보다는 이야기하듯 소박하고 담담한 詩를 써야 되겠지. 그러나 그것이 참으로 어렵다는 것을 알고부터 詩는 오히려 나에게서 멀어져 갔다.

빈약한 나의 詩. 허나 애써 작품을 늘리려하기보다는 지나온 삶의 추억이 片鱗으로 남아 있는 한, 다만 한 조각 소중한 詩를 위하여 밤새워 원고지를 찢어 버려도 좋으리라.

전유선

1954년 서울 출생. 한국외국어대 불어과 졸업. 경향신문 신춘문예
동화 「참새풀」 당선(92년). 문화일보 신춘문예 단편소설 「구스타프
김의 슬픈 바다」 당선(2000년).

내 사랑 순이

오르지 못헐 나무를 뭐땀시 쳐다본당가이
장죽 끝으로 놋쇠 재떨이를 두드리며
노인네는 캉캉
암팡지게 소리질렀고

어르신 까막산 상여집에두 사람이 살고 있두만유
손바닥으로 애꿎은 대자리만 훑어대며
나는 애면글면
뚝배기 깨지는 소리도 내지 못했다

까막산 돌아내린 바람 문풍지를 툼벙이고
쉬어터진 부엉이 울음 깨금깨금
무심한 별을 타고 깔끄막을 오르는데
뒤꼍 새암가에 숨어
귀만 쫑긋대던
내 사랑
순이

푸른 달빛 아래 글썽이던 눈물
파르르 젖은 목소리
어여 가아 난 암시랑토 안해
난 암시랑토 안해

출구 없는 방

한여름
살구 빛 가로등 알전구 속은 바쁘다
밑바닥에 수북이 쌓인
하루살이와 실잠자리와 이름 없는 벌레들의 무수한
주검
그 위로 어지럽게
마구 맴도는 살아 있는 자들의 부산한 몸짓
아무리 해도 알 수가 없다
들어갈 틈 없는 알전구의 완벽한 방벽
어떻게 넘었을까
그 좁은 틈새를 비집고
착각이었을까 아니면 오기 때문이었을까
하면 된다는 각오로 치열하게 머리 부딪진 열성일까
성공했다는 기쁨도 잠시
눈앞을 가득 채우는
아무것도 없는 빈
허공

출구 없는 방
끓어오르는 열기 속에 다급하게 밀려오는
죽음의 예감
마지막 절망의 눈빛으로 그들이 보고 있는 것은
무엇일까

껍질은 아름답다

왕벚나무 줄기에 매달린 매미 허물 하나
누릇누릇 퇴색한 빛
쓰레기장에 널린 비닐조각 같다
어디로 갔을까 매미는
나무 줄기에 푹 박힌 날카로운 발톱 여섯 개
얇은 껍질뿐인 겹눈과 더듬이
펭귄 날개처럼 앙증맞게 붙어 있는 작은 날개 한 쌍
가늘게 찢어진 등줄기
간밤 징그럽게 쏟아진 빗줄기에도 끄떡없이
매미가 비상하던 순간의 모습 그대로 남아 있다
가을 겨울 지나고
내년 여름까지도 남아 있겠다는 견고한 의지
매미는 얼마나 힘들었을까
끊임없이 나무를 오르내리는 개미들
잠시 가쁜 숨을 멈추고 무심한 눈길을 보낼 뿐
나비 한 마리 찾아오지 않지만
그래도
껍질은 아름답다

풍경

스스로
가시를 잘라버린
가시나무 하나
두 팔을 벌리고
홀로
다시 돌아오지 못할
새를 기다리는
빈 들판

깃들지 못할 무색의 바람
잠시 머물다
떠나면
떨어지는
새의 깃털
눈꽃처럼 와스스
땅을 적시고

버려도 결코
버려지지 않아 두려운
가시의
추억
눈물로 내려앉아
안개처럼 번지는
겨울 나라

인연

밤새 날개를 비벼대는
귀뚜라미 수컷 한 마리
애절한 부르짖음이
새벽잠을 깨운다

어쩌다 아파트 거실에까지 들어왔을까
욕실 타일 바닥 구석에 숨어
언젠가는 오겠지
가까이 다가올 수 없는
제 짝을 부르며
날개를 비비는 발끝에 힘을 주는 눈물겨운 어리석음

노스님은
모든 게 인연이요 업보라 했지만
그냥 놓아 두라고 했지만
혹시 더듬이라도 다치지 않을까
휴지로 조심스레 감싸

베란다 창문 밖으로 던져준다
노스님은 그것도 인연이요 업보라며 빙긋이 웃기만
하지만
이미 천길만길 달아나 버린
새벽잠

소문

우리 나라에서 가장 밝아
이름하여 빛 고을
달 없는 초사흘 밤 어둠 깊으면
어김없이 나타나는
처녀귀신 산발
골목골목 비집고 싸돌며
흉흉한 바람
구겨진 신문조각 나비처럼 날리며
네온 꺼진 빌딩 숲
오만 가지 빛깔로 덧칠덧칠하다가
새벽닭
꼬꼬댁 소리에
슬며시 물러서
강물에 제 그림자 비추며
서럽게 운다

숲

삶이 역겹도록 슬프거든
등불 하나 들고 숲으로 가세요
하루쯤 하얀 밤을 지새우며
불빛을 가르는 흰불나방의 현란한 비상
때로 이방인처럼 찾아드는 푸른 반디의 불빛
이런 것들에 눈을 돌려 보세요
먼 곳이 아니라도
당신의 마음보다 더 큰 슬픔이
거기에 있답니다

삶이 참을 수 없도록 절망이거든
잠자리채 하나 들고 숲으로 가세요
하루쯤 숲을 헤지며
빈 병에 가득 채운 개미의 웅성임
포충망을 뒤흔드는 붉은 잠자리의 아우성
이런 것들에 귀를 기울이세요
먼 곳이 아니라도

당신의 눈빛보다 더 큰 절망이
거기에 있답니다

삶이 견딜 수 없이 허망하거든
하루를 숲에서 보내세요
큰 아픔 앞에 서면
작은 고통은 부끄러움이 되고
장수하늘소 같은 먼 전설의 이야기도
반짝이는 풍뎅이 날갯짓으로
가득
채워지니까요

박물관

언젠가는 꺾여
메마른 땅에 붉은 피
적시겠지만
아무리 모질어도
기억은
남아 있어야 한다

불사의 묘약이 없거든
껍질만 남은 미라로라도
대갓집 자개장 전복 쪼가리라도
잊혀지지 말아야 한다

갈기갈기 찢겨 부러져도
돌 자국으로 남아
쥐라기 공룡의 화석처럼
죽어도 죽지 말아야 한다

떨어지는 것이 두렵다 한들
날지 못하는 뭍짐승의 울음이나
물가를 오르지 못하는 물짐승의 서성임만 할까

언젠가 메마른 땅에 고개 쳐박고
눈부신 노을빛
손바닥으로 가릴 때 있겠지만
그래도 기억은
화석처럼
남아 있어야 한다

산책

녹음 짙은 잔디밭
땅바닥에 나뒹구는 매미 한 마리
말벌이 달라붙어 고통스런 몸짓
풀을 한 줌 뽑아 빗자루처럼 쓸어내리지만
할 일이 남은 말벌은 날아가지 않는다
제 할 일 마친 말벌은 그제야 휭하니 날아가고
길을 잘못 든 것일까
남은 매미 한 마리
인사불성이 되어
가느다란 다리 바르르 떤다

잔디밭 너머 아스팔트 위로
마구 흩어진 지렁이 무리
무참한 태양 빛에 더러는 철사줄처럼 구부러지고
더러는 아직 숨이 붙어 살 곳을 찾아 버르적거린다
길을 잘못 든 것일까
간 밤 내린 비에 꿈에 그리던 낙원 가는 길 본 것일까

모험의 대가가 너무 크다

밟을 것인가 말 것인가
한동안 망설이지만
결국, 두 눈 질끈 감고
밟아버리고 만다

편지

　늦은 퇴근길이었습니다 빈 도시락 속 젓가락처럼 달
각달각 돌아오던 전철 속 깜빡 졸다 깨어 고개 드니 손
잡이에 매달린 당신 모습 흐릿한 내 눈 속으로 빨려 들
어왔습니다 당신은 언제부터 거기에 있었던 것인가요
남루를 걸치고 젖은 빨래처럼 구겨진 당신은 언제부터
잠든 내 얼굴을 그렇게 들여다보고 있었던 건가요 퀭
한 눈초리 그리고 비썩 마른 헝겊인형 같은 몸빛의 당
신은 그것만으로도 충분했습니다 돌아와 주세요 나는
너무 먼길을 달려왔어요 그건 당신이 잘못한 거예요
당신은 이런 말을 하지 말았어야 했어요 아 누구시더
라 당신은 어디선가 많이 뵌 적이 있군요 우리가 전에
어디서 만났던가요 아 그래요 당신 맞아요 당신이었군
요 어쩌면 이렇게 달라지셨나요 저 때문이었다고 말하
지는 마세요 눌려진 찐빵처럼 비틀어진 얼굴과 웃는지
우는지 알 수 없는 당신의 그 찡그린 모습 그건 정말
잘못이었어요 당신은 아무것도 바꾸지 못했으니까요
숨을 헐떡이며 가파른 지하도 계단을 뛰어오르며 도망

치듯 튀어나온 지하도 밖 누군가가 내 팔을 잡아끌며
달콤한 목소리로 유혹한 곳은 역전 적선지대였습니다
씩씩하게 원정군처럼 씩씩하게 진군했습니다 그리곤
타락한 여인의 황홀한 향기에 코를 들이박고 밤새 흐
느적거렸습니다 나는 당신을 사랑하지 않아 사랑한 적
없어 밤새 아귀처럼 소리치며 나는 당신을 잊으려 했
습니다 잊었습니다

하늘을 나는 것은 모두 아름답다. 우람한 동체를 자랑하며 이륙하는 보잉 항공기에서부터 너무 작아 눈에 띄지도 않는 하찮은 명주잠자리 한 마리의 날갯짓까지 모두 다 아름답다. 홍콩 무협영화에서 무어라 무어라 쏼라쏼라대며 하늘을 가로지르는 무림고수들의 허풍도 아름답다. 흰 옷자락을 나풀대며 나무에서 나무로 넘나드는 천년 묵은 백여우의 우스꽝스러운 날림도 아름답다. 가장 아름다운 것을 하나 들어보라면 스필버그 영화 〈ET〉에 나오는 자전거의 비상 장면을 꼽을 수 있다.

사무실에서 어쩌다 창 밖을 내다볼 때 솔개 한 마리라도 빙글빙글 맴을 돌고 있는 날이면 하루 종일 기분이 상쾌하다. 출근길 머리 위로 까치라도 스쳐 지나는 날은 어쩐지 좋은 일이 있을 것 같아 공연히 마음이 설렌다.

하늘을 나는 것이 아름다운 것은 우리가 마음대로 하늘을 날 수 없기 때문이다. 결코 닿을 수 없는 먼 나라의 일이기 때문이다. 신해욱 씨는 「나비」라는 시에서 '투명한 공기 속에 몸을 숨긴 교활한 지구의 중력 온몸으로 거부하고 있지 않은가'라고 했다. 비상한다는 게 끊임없이 중력과 싸워야 하는 무한한 고통과 다르지 않단다. 새는 어쩌면 땅 위에서 기어 다니는 네발짐승이 되고 싶어하는지도 모른다.

하지만 그래도 난 날고 싶다. 뒷날 엄청나게 후회할지라도 날고 싶다. 詩空間을 날고 싶다. 時空間을 초월해서.

조설안

1952년 충남 보령 출생. 서울공고, 세종대 무역학과 졸업.

봄의 소리

생각나십니까
봄빛 돋아나는
밭이랑
달래며, 쑥이며
봄동배추며, 냉이하며
파릇파릇 다가오는
봄이 오는 소리를
당신은 들으신 적 있으십니까
고요가 깃든
밭이랑을 타고
겨울이 지나가는 소리들
그 긴 여운들을—
봄은 그렇게 다가옵니나
어느새 동산에는
산수유 다시 피어 어우러지고
그 옛적 뻐꾸기 소리
다시금 들려올 것만 같습니다

갈대

이리흔들 저리흔들
우린 갈대야
바람이 불어오면
비켜서지만
그래도
바람은 그냥 지나치질 않아
아무도 우릴
그냥 내버려두질 않아
그래서 할 수 없이
한쪽으로 눕다보면
별님이 대책도 없이 쏟아지잖아
그러면 우리는
맨손으로 받지
달님이 은근슬쩍
다가오잖아
그러면 우리는
함께 드러누워

달빛이 주는 의미를 생각해보곤 하지
세상사 부귀영화
한 입으로 말하고
스쳐가는 바람소리
한 귀로 들으며
눈감을 때 파노라마
한 눈으로 보지
이리비틀 저리비틀
우린 갈대야
그래도 우린
한 목소리로 울지
태풍이 불어와도
한 웃음으로 웃지

꿈의 강

나만이 갈 수 있는
꿈의 강을
너훌너훌 노저어 갑니다

꿈속에 바라보는
별빛은
색깔이 없습니다

홀로 바라보는
은하수는
가슴 시린 강을 만들고

나만이 보고 싶은
별무리 한 떼
그대 가슴속에 뜹니다

제멋대로 꾸어지는

꿈의 강을
재래식 영사기 돌아가듯
건너갑니다

마음의 강을 놓아
희망의 돛대 달고
건넙니다

바람 놓아
물결 불러
파도 타고 갑니다

가슴에 담긴 우주

사람들은 가슴에
고독이라는 작은 섬 하나
띄우고 산다

사람들은 가슴에
종이배라는 작은 흔들림 하나
가지고 산다

사람들은 가슴에
희망이라는 샛별 하나
품고 산다

사람들은 가슴에
먼 그리움 같은 달 하나
때때로 떠올리며 산다

사람들은 가슴에

죽음이라는 두려움 하나
묻고 살아간다

사람들은
작은 우주다

탄생에서 죽음까지
우주의 섭리를 경험하며
배우며 살아간다

그런 까닭에
사람들 가슴속에는
늘 작은 우수가 남겨져 있다

노을지는 그리움

쉰을 바라보는 나이에
그 무슨 그리움이 있다는 겁니까
당신이 개학을 앞두고 떠난 후에
옷가지도 가려서 세탁할 것은
세탁기에 마른 것은 옷장에 넣고
이것저것 주섬주섬 치웠는데
언뜻 보니 눈물이게 하는
방바닥에 떨어진 화초 이파리 하나,
호기심 많은 늦둥이 아가의 흔적이
여기저기 남아 있어요
사랑하는 당신, 우리 가족들
이제 다시는 내 가슴을
그리움으로 노을지게 하지 마십시오
눈물이게 하여서도 안 되며
또 다른 아픔이어서도 안 됩니다.
항상 가까이할 수 있게 하여
영원토록 화목함을 이루게 하소서

행복

사랑은
잘 드러나지 않는
기쁨이자 곧
아픔입니다.
사랑은,
가슴 깊이 침전되어
미동도 하지 않는 사랑은,
아무런 말도 필요치 않습니다
핏빛 그리움이 가슴속
아련한 무지개로 떠오를 때
나는 행복감에 젖습니다
그대와 삶을 같이하고 있는
이 세상 자체가 곧
행복이기 때문입니다
행복은 그리워하는 만큼이나
그 깊이도 더욱 커져가기 때문입니다

배꽃

배꽃 눈부시던 봄날에는
바람도 불지 않았습니다
여리디 여린 가슴 아플까봐
구름도 듬성듬성 떠가고
살며시 부는 바람에도 날리는
외로운 몸부림의 흔적들,
그래도 그 해 봄에는
희디흰 배꽃이 삼태기로 핀
배꽃 같은 봄날이 있었습니다
하아얀 꽃잎 사이로
마당 가득 달빛 교교히 비치던
아름다운 어린 시절이 있었습니다
지금은 아득한
이미 지난 꿈이 되어버린
마음 배꽃같이 하얗던
그런 시절이 나에게 있었습니다

바람 부는 날에는

저녁별
찬찬히 뜨고
바람 부는 날에는
나 그대 마중하러 가리다
별빛 사뿐히 딛고 선 그대
아름 안고 오리다
바람 부는 날에는
언덕에 올라
수많은 별들 헤아리며
그리움에 물든 날들을
하루도 빠짐없이
기억하고 또 기억하리다
슬프고 괴로웠던 지난 추익들
담담히 가슴속에 담아 두리다

봄을 기다리며

내 마음
하나 가득 열면
봄은 다소곳이
청포 옷자락 날리며 찾아오고
꽃샘바람에도
들녘에 산녘에
꽃물이 넘쳐난다
화사하고 변덕스러운
봄은
언제나 변함없다
신작로 길섶에 아지랑이
여전히 줄지어 서고
집집마다 저녁밥 짓는
고향집 어귀 굴뚝 연기
눈에 보일 듯 보이는 듯
내 마음
하나 가득 열면

봄은 어느새
저만치 다가와 있다

가을

석양 짙게 드리운
단풍 잎새마다
그리움 하나씩 매어달고

어두움에 짓눌린
가을 하늘이
산봉우리에 천천히 내려앉으면

검푸른 천에 수놓은 듯
총총히 박힌 샛별들이
서서히 둥지를 틀기 시작한다

문득
바람결에 스치어가는
어떤 생각 하나

나는

어디에서 태어나
어디로 가는 것일까

오솔길
그 벤치에서
느끼게 되는 가을은
손에 곧 잡힐 듯만 싶다

떨어지는 낙엽따라
가을은 하나 둘
내려 쌓이고

무심결에 피워 문
담배연기에
가을 정취가 물씬 배어난다

아! 가을

나무

이곳 저곳 기웃거리질 않습니다
한 곳에 태어나 묵묵히 평생을 마칩니다
그렇다고 무작정 서 있는 것만도 아닙니다
파란 하늘 금빛 노을 어루만지며
멍석구름 베개삼아 쉬어가거나
결 좋은 바람 성긴 바람 쓰다듬어가며
사시사철 세월의 흐름
색색의 꿈으로 펼쳐 보이지요
떠날 때는 훌훌 털고 빈손으로 떠나지요
해지기
별지기
달지기
산지기
수시로 변하는 하늘 지켜가며
항상 빈손일 수 있는 나무
해마다 빈손으로 떠나는 나무

눈빛 시린 겨울밤

휘영청 보름달
푸른 물결 일렁이는

눈빛 시린 겨울밤

싸늘한 예리함
눈시울에 스치고

찬바람 속 설산(雪山)
솔잎 더욱 푸른데

무리지어 날으는
철새 몇 마리

달 한가운데 고요 속을
홀연히 저어간다

*충북 괴산 처가에서

눈언덕

1

삭정이 울어대던
두메산골
긴 겨울날

눈보라
쉬임없이 몰아쳐
온갖 상념 앞세우는데

모든 어지러운 상념들을
눈빛 속에 묻고 나서야
아침이 밝아온다

산새들
푸득이는
다사로운 아침

산허리 가로질러
길 벗삼아 지나는 바람
눈언덕에 잠시 머물고

맑은 햇빛 온몸에 받아
포근함을 구가할 제
간혹 불던 거센 바람
눈빛에 잦아드네

세상사 부귀영화
어디 간 데 없고
모두가 어우러져 평화로운네

지나온 길
후회 없이
되돌아볼 수 있으려나

번민의 늪을
헤매이는
여기 이 사람

언제 스러질지 모르는
숙연함 속에
묵묵히 서 있는 저 언덕

저 먼산 눈 다 녹여
꽁꽁언 땅 녹일 적에

한줌 풀
제대로 살려
꽃피울 수 있으려나

2

그저
때묻지 않은
한 송이 눈꽃이고 싶어라

눈처럼 태어나
눈처럼 자라고
눈 같은 마음으로
한세상 눈꽃 피우며
함께 같이 어우러져 살고 싶구나

흙투성이 만신창이
할퀴고 찢기워진
온몸 드러내어
하얀 눈에 씻기우고

삭풍 울어대던 긴긴 밤
뜬눈으로 지샐 적에
온누리 하얀 세상 밤을 함께 지새우네

하이얀 눈 비껴들어
하이얀 눈 바라보니
온통 세상이 하얗게 보이네

3

포근함과
적막함과
평화로움 속

끝없이 펼쳐지는
광활한 山河

모난 곳 하나 없이
완만한 굴곡 이룬
백의의 대지 위에

함박눈
푸짐하게 짊어진
군락들이 모여 앉아

이름 모를 산새들
한가로이 노래하여
포근함을 더하여 주네

머지않아
새로운 계절이 다가오면
봄눈 녹듯 녹아내려

개울물 이루어
겨우내 얼었던 계곡
적시어 흘러내리고

풀뿌리
나무뿌리 속 깊이
촉촉히 스며들어
봄의 생동함을 한껏 누리게 하리라

두두리를 떠나다

엄마 따라 내려와
이곳에 머문 지 어느덧
반 년여

유년기의 추억을 새기며
음력 정월 대보름
환한 빛을 안고
우리집 아가 두두리를 떠나다

아가의 기억 속에 남을
햇살 터지는 아침녘
논두렁길 안개 걷어내는
우렁찬 황소의 음—매 소리

해맑은 까치의 노랫소리
동네 개들 짖어대는 소리
새 소식 전하는 이장네 확성기 소리

새벽닭 홰치는 소리
추위에 언 살 토닥이며
아침햇살 쪼아대는 참새 떼 소리

언제나 보아도 정이 가는
집오리 뒤뚱거리는 모습
샛노란 은행잎 수북한 오솔길
코스모스 분홍빛 물방울 뚝뚝 떨어지던
가로수 변 흐드러짐.

도시에선 접하기 어려운
유년기의 자연학습
값진 경험이 되리라

잊지 못할 추억 남기고
이제는 떠날 시간

부디 이 모든 알뜰한 순간들
아름다운 자연의 숨소리를

아가야,
좋은 추억으로 간직하렴

157

당신

말간 햇살 아래 얼굴 내민
아침이슬

새소리 티없이 들려오는
쾌적한 곳에 피어난
한 송이 꽃

마음 둘 곳 없던 시련기에
미풍의 숨결로 다가온

필요로 할 때
항상 함께 하며

지금은
내 가슴에 아담한 집을 짓고
아이(月岸) 엄마가 되어 있는

고맙기 그지없는

　지금까지 살아오는 동안 나름대로 순간 순간의 느낌들을 글로 써 오던 중 뜻을 같이 하는 분들이 있어 금번 동인지를 계기로 시집에 참여하게 된 것을 참으로 기쁘게 생각한다. 본래는 정년퇴직 후에나 변변치 못한 글이나마 시집으로 엮어 출판할 계획으로 있었으나, 시란 참으로 쓰기 어려운 것임을 실감하면서 처음으로 글 몇 편을 내놓을 수 있게 된 것 또한 내게는 커다란 행운이었다.

　우리들이 어렸을 적에는 마음만은 언제나 풍요로웠고 지금의 신세대들보다는 그래도 추억거리가 조금은 더 많지 않았었나 생각된다. 가지고 놀 장난감 하나 없어도 제기차기나 자치기 놀이, 구슬치기와 숨바꼭질, 쥐불놀이, 술 감사 놀이로 시간 가는 줄 몰랐고 풀피리, 버들피리 만들어 불기, 눈사람 만들기, 소꿉놀이로 오후 한때를 보냈으며 참외서리, 콩서리를 해도 나무라는 이 없을 정도로 인심이 후했다. 그 밖에도 장터 구경하기, 밀껌 만들어 씹기, 토끼풀 뜯기, 나물 캐기, 칡뿌리 캐기나 윷놀이, 꽃시계 만들어 차기, 꽃술 씨름, 나무에 올라가 새알 꺼내 오기, 가설극장 무성영화 공짜로 구경하기 등 이루 헤아릴 수 없을 정도로 기억 속에 남을 추억거리가 꽤나 많은 부자였음에 틀림이 없을 것 같다. 이러한 기억들이 생각할 수 있는 시간을 더 많이 갖게 하는지도 모른다. 추억은 향기롭다. 향기로운 만큼 가끔은 옛 동심 속으로 돌아가고 싶은 충동을 느끼고 행복을 느끼게 됨도 물론이다. 평소 글을 쓰는 마음에 대하여는 여기에 발표되지 않은 글 중에서 그 내용을 조금 소개해 볼까 한다.

삶의 언저리를
배회하다 보면은
언젠가는
생의 진정한 의미가 무엇인지
깨달을 날이 오겠지요

참(眞)이란
무엇인가
알 즈음이면
우리들은
꿈의 나래를 접습니다

詩란
무엇인가
자욱이 서리인 안개
걷히우고 나면
나는 차마 다시는
시를 쓰지 못할 것입니다

—「글쓰기를 시작하면서」

이 글은 시를 대함에 있어 겸손하고 경건해야 되겠다는
마음가짐으로 쓴 글이다. 앞으로도 그러한 마음기짐을 가
지고 살아갈 것을 스스로 다짐하며, 이러한 기회가 다시
주어져 시를 사랑하는 독자들과 다시 만날 수 있는 영광
을 누렸으면 한다. 끝으로 이 시집을 내는 데 도움과 격려
를 아끼지 않으신 많은 분들께 다시 한 번 고개 숙여 마음
속 깊은 감사를 드린다.

강현택

1955년생. 양정고, 전북대 법대 졸업.

나승빈

1951년생. 경희대 국문과, 고려대 경영대학
원 졸업. 천주교 문학지 신인 문학상 수상
(97년), 콩트집 『평양아리랑』(94년 9월), 시
집 『가슴의 바다』(2000년 3월) 출간. 그 외
창작소설 「하얀 빛 그 추억」 등 다수.

이융원

1945년 충청남도 예산에서 출생.

전유선

1954년 서울 출생. 한국외국어대 불어과 졸
업. 경향신문 신춘문예 동화 「참새풀」 당선
(92년), 문화일보 신춘문예에 단편소설 「구
스타프 김의 슬픈 바다」 당선(2000년).

조설안

1952년 충남 보령 출생. 서울공고, 세종대
무역학과 졸업.